AF498007

LE CHEMIN DE LA CROIX.

PRIÈRE PRÉPARATOIRE.

A JÉSUS.

Quand je suis de tes pas la trace ensanglantée,
M'arrêtant pour prier à chaque station,
Je ressens tes douleurs, et mon âme attristée
Ne sait pas contenir sa vive émotion.

A MARIE.

Sainte Vierge Marie, ô toi, qui la première
As parcouru pleurant le chemin douloureux,
Prête-moi ton concours. Viens bénir ma prière,
Rends utiles aux morts mes larmes et mes vœux.

A LA TRINITÉ.

Reçois comme un hommage, ô Trinité puissante,
De mon cœur dévoué l'humble soumission,
Et daigne mettre en moi d'une façon constante
La foi vive, profonde et la contrition.

PREMIÈRE STATION.

Nous vous adorons, Seigneur, nous vous bénissons, parce que vous avez racheté le monde par votre sainte croix.

―――

JÉSUS EST CONDAMNÉ A MORT.

―――

Pilate, mon Jésus, te condamne à mourir...
Il te livre aux bourreaux, rien n'a pu l'attendrir.
Il te croit innocent ; mais lâchement peureuse,
Sa volonté, sortant d'une âme ambitieuse,
A ce peuple en courroux ne saura qu'obéir !...

Sa faiblesse t'indigne ?
Tu ne te souviens pas
Que ta rage maligne
A choisi Barrabas ?
Que ton indifférence,
Ta sotte vanité,
Ta passive indolence,
Ta sensualité
Ont fait de ma souffrance
Une nécessité.

Puissant Sauveur,
Calme la colère
D'un Dieu vengeur.
Pour nous, bonne mère,
Dans ta douleur,
Offre une prière
Au Créateur.

Que ta miséricorde,
Mon doux frère Jésus,
A nos larmes accorde
Pour ceux qui ne sont plus
Le séjour des élus.

Pater, Ave, Gloria Patri.

DEUXIÈME STATION.

Nous vous adorons, etc.

JÉSUS EST CHARGÉ DE SA CROIX.

Marchons silencieux vers le second tableau,
Contemplons le Sauveur et son pesant fardeau.
La croix ! avec amour comme il la tient pressée !
C'est ainsi qu'il nous faut la tenir embrassée
Pour sortir, comme lui, triomphants du tombeau.

Oh ! qu'elle est lourde et dure !
Oh ! qu'il est répugnant
A l'humaine nature
De passer en souffrant !
Mais ton regard tranquille,
Dieu patient et doux,
Rend bien moins difficile
De supporter le coup,
Et tu seras utile
Sang répandu par nous !

Puissant Sauveur,
Etc., etc.

Que ta miséricorde,
Etc., etc.

Pater, Ave, Gloria Patri.

TROISIÈME STATION.

Nous vous adorons, etc.

JÉSUS TOMBE POUR LA PREMIÈRE FOIS.

Arrêtons nous ici, regardons en pleurant
Le Seigneur affaissé sous le poids écrasant
De nos forfaits nombreux ! Par excès de tendresse,
Jésus, le fort des forts, montre de la faiblesse,
Et pour nous relever il tombe en cet instant.

Ecoutons en silence
Le bruit sifflant du fouet...
Jésus fait pénitence...
Il devient le jouet
De bourreaux en délire
Par l'enfer dépêchés...
Oh ! quel cruel martyre !...
Et c'est pour nos péchés !
Mon cœur, il faut maudire
Les faux plaisirs passés !

Puissant Sauveur,	Que ta miséricorde,
Etc., etc.	Etc., etc.

Pater, Ave, Gloria Patri.

QUATRIÈME STATION.

Nous vous adorons, etc.

JÉSUS RENCONTRE SA SAINTE MÈRE.

Sur son dos déchiré Jésus reprend sa croix.
O mère désolée, alors tu l'aperçois.
A sa vue, en ton cœur parlera la nature,
Tu voudrais l'enlever à cette foule impure,
Mais son touchant regard te dira : Je le dois.

Seigneur ! quelle souffrance
Pour sa maternité !
Mais quelle obéissance
A votre volonté !
Elle accepte la somme
De larmes, de douleur
Que porte un Dieu fait homme,
Et l'offre au fond du cœur
Pour tous ceux qu'elle nomme
Les frères du Sauveur.

Puissant Sauveur,
Etc., etc.

Que ta miséricorde,
Etc., etc.

Pater, Ave, Gloria Patri.

CINQUIÈME STATION.

Nous vous adorons, etc.

SIMON LE CYRÉNÉEN AIDE JÉSUS.

Notre-Seigneur s'arrête, on le pourchasse en vain...
Il s'épuise et chancelle ! Oh ! tendons-lui la main,
Aidons-le tous mortels ! c'est là ce qu'il désire,
Car unissant sa croix à notre dur martyre,
Nous serons soutenus par cet appui divin !...

> Ici-bas que je porte
> Avec Jésus la croix !
> Notre âme devient forte
> En acceptant son poids...
> Puis, quittant cette terre,
> Elle monte au séjour
> Où tous dans la lumière
> Jouissent de l'amour !
>
> . . . .
>
> O croix ! en toi j'espère,
> Et te crains tour à tour.
>
> . . . .

Puissant Sauveur,
  Etc., etc.

Que ta miséricorde,
  Etc., etc.

Pater, Ave, Gloria Patri.

SIXIÈME STATION.

Nous vous adorons, etc.

UNE FEMME ESSUIE LA FACE DU SAUVEUR.

Je te jalouse, femme à l'élan généreux !
Pour aller à Jésus bafoué, malheureux,
Tu ne redoutes pas la vile populace
Ni les cris des soldats. Et les bravant en face,
Tu caresses son front de ton voile moelleux.

O récompense unique !...
Sous ton regard charmé,
Et pour toi, Véronique,
Jésus s'est imprimé
Sur cette toile fine
Qui couvrait chastement
Ta tête et ta poitrine !......
Ton Dieu reconnaissant,
D'un rayon illumine
Ce portrait saisissant.

Puissant Sauveur,   Que ta miséricorde,
   Etc., etc.   Etc., etc.
Pater, Ave, Gloria Patri.

SEPTIÈME STATION.

Nous vous adorons, etc.

JÉSUS TOMBE POUR LA DEUXIÈME FOIS.

Mon doux Sauveur retombe une seconde fois
Et reste plus longtemps accablé sous le bois.
O Christ! tu connais bien notre faiblesse humaine,
Fléchissant vers le mal qui toujours nous entraîne !
Mais nous nous relevons en écoutant ta voix.

De l'affreuse rechute
Préservez-nous, Seigneur !
L'homme est souvent en butte
Dans le fond de son cœur
A la noire malice
Du perfide serpent.
Et s'il était complice,
Ne fut-ce qu'un instant,
Un éternel supplice
Serait son châtiment !...

Puissant Sauveur,
Etc., etc.

Que ta miséricorde,
Etc., etc.

Pater, Ave, Gloria Patri.

HUITIÈME STATION.

Nous vous adorons, etc.

JÉSUS CONSOLE LES FEMMES DE JÉRUSALEM.

O femmes ! vous cherchez la consolation ?
Eh bien, pleurez, pleurez ! Votre compassion
Fera rompre à Jésus son douloureux silence,
Et pour vous enseigner, oubliant sa souffrance,
Il dira doucement : O filles de Sion,

Que désormais vos larmes
Ne tombent plus sur moi.
Réservez les alarmes
Et le pénible émoi
De votre âme attendrie,
Pour vous, pour vos enfants,
Vos époux, la patrie !
Que pour tous les méchants
En sanglotant on prie...
Les pleurs sont si puissants !

Puissant Sauveur,
Etc., etc.

Que ta miséricorde,
Etc., etc.

Pater, Ave, Gloria Patri.

NEUVIÈME STATION.

Nous vous adorons, etc.

JÉSUS TOMBE POUR LA TROISIÈME FOIS.

Jésus défiguré, tout en sueur, sanglant,
Au sommet du calvaire arrive haletant.
Et de là, son regard aperçoit le grand nombre
Des mortels orgueilleux, qui dans l'abîme sombre,
Malgré tout leur savoir entreront en pleurant.

Quelle douleur immense!...
Une troisième fois
Il tombe en défaillance
Sous la rigide croix!...
Pour le traître et le lâche,
Pour tous les apostats
Qui semblent prendre à tâche
De se montrer ingrats,
Il prîra sans relache,
Plaignant ces renégats...

Puissant Sauveur, | Que ta miséricorde,
Etc., etc. | Etc., etc.

Pater, Ave, Gloria Patri.

DIXIÈME STATION.

Nous vous adorons, etc.

JÉSUS EST DÉPOUILLÉ DE SES VÊTEMENTS.

Seigneur, nous approchons de l'affreux dénouement,
Nous allons assister à ton dépouillement.
Je vois ta chair meurtrie, en morceaux déchirée !
A ce terrible aspect, ma pauvre âme éplorée
Demande à partager ton cruel châtiment...

O mon Sauveur ! arrache
Aujourd'hui de mon cœur
Sa trop puissante attache
Au facile bonheur...
Et s'il faut me soustraire
Par un dernier adieu,
Aux plaisirs de la terre
Pour souffrir en tout lieu...
Que ce soit salutaire
A l'église, ô mon Dieu !...

Puissant Sauveur, | Que ta miséricorde,
Etc., etc. | Etc., etc.

Pater, Ave, Gloria Patri.

ONZIÈME STATION.

Nous vous adorons, etc.

JÉSUS EST ATTACHÉ A LA CROIX.

Dans tes pieds, dans tes mains on enfonce des clous,
On t'étend sur la croix ! ô mon royal époux,
Dis ? comment se fait-il qu'en la douleur cruelle,
Qui de tes os sacrés fait tressaillir la moelle,
Tu sois pour tes bourreaux toujours aimable et doux ?

Quand j'entends la mesure
Des lourds et durs marteaux,
Qui mettent ta chair pure
En d'horribles lambeaux,
Ah ! je sens que ma tête
S'égare, et que mon cœur,
Glacé d'effroi, s'arrête,
Ou palpite d'horreur.....
Cette mort me rachète
Misérable pécheur !!!...

Puissant Sauveur,   Que ta miséricorde,
    Etc., etc.   Etc., etc.

Pater, Ave, Gloria Patri.

DOUZIÈME STATION.

Nous vous adorons, etc.

JÉSUS EST ÉLEVÉ EN CROIX.

On élève la croix, et, cloué là-dessus
Pour mes affreux péchés, agonise Jésus !...
Attaché, fruit divin, à l'arbre de la vie,
Il s'offre tout entier pour mon âme asservie,
Et mes désirs du ciel ne seront pas déçus.

> Sa douce voix murmure
> Père, pardonnez-leur
> Mon affreuse torture...
> Qu'ils aient tous le bonheur...
> Chrétien, voici ta mère,
> Ne l'abandonne pas.....
> Dans ta douleur amère
> Jette-toi dans ses bras...
> Crois en moi, prie, espère,
> Tu ressusciteras.

Puissant Sauveur,   Que ta miséricorde,
    Etc., etc.   Etc., etc.

Pater, Ave, Gloria Patri.

TREIZIÈME STATION.

Nous vous adorons, etc.

JÉSUS EST REMIS A SA MÈRE.

Il expire, il est mort ce juste tant aimé ;
Sa bouche nous a dit que tout est consommé,
O mère de douleur, tu vas donc le reprendre
Ton fils chéri ! Les juifs vont enfin te le rendre,
Mais tu n'embrasseras qu'un être inanimé.

Ta main compatissante
Ne sait pas repousser,
Pauvre vierge dolente !...
Tous peuvent s'avancer...
Mère, je t'en supplie,
Obtiens-moi du Sauveur
Que jamais je n'oublie
Ta si juste douleur,
Et que l'amour me lie
Pour jamais à son cœur.

Puissant Sauveur,
Etc., etc.

Que ta miséricorde,
Etc., etc.

Pater, Ave, Gloria Patri.

QUATORZIÈME STATION.

Nous vous adorons, etc.

JÉSUS EST MIS AU TOMBEAU.

Bientôt à nos regards son corps disparaîtra...
Joseph d'Arimathie avant peu le prendra.
On va l'ensevelir dans le plus fin arôme.
Madeleine, pour toi, ce travail est un beaume,
Ton amour pénitent de pleurs l'arrosera...

> Quoi ! Jésus dans la tombe ?
> Mais c'est un rêve affreux !
> Ce rocher qui surplombe
> Pour toujours à nos yeux
> Cacherait son visage ?.......
> Non, non, rassurez-vous,
> Il n'est point de passage,
> Il vivra parmi nous,
> Reprenons tous courage,
> L'autel rendra l'époux !!!...

Puissant Sauveur,
   Etc., etc.

Que ta miséricorde,
   Etc., etc.

Pater, Ave, Gloria Patri.

PRIÈRE DEVANT LE S^T-SACREMENT.

A genoux me voici devant le tabernacle.
Seigneur, que désormais je sache vous aimer
Et que le souvenir de ce touchant spectacle,
Auquel l'œil de ma foi m'a permis d'assister,
Mette dans tout mon être une sainte allégresse,
Puisque le Sacré-Cœur
D'où s'épanche à grands flots la divine tendresse
M'assure le bonheur.

LAROCHE L., du Claux.

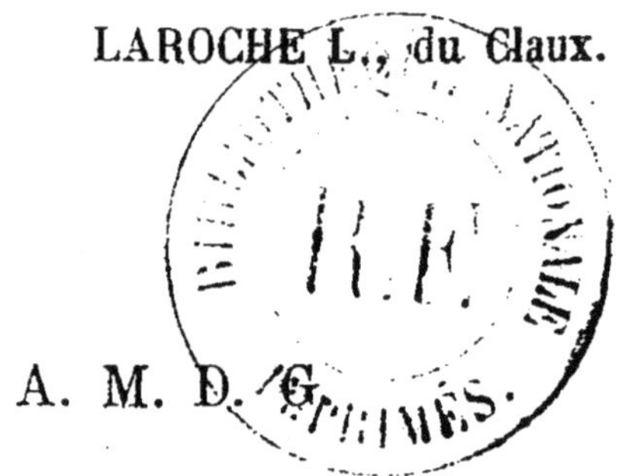

A. M. D. G.

Sarlat, imprimerie MICHELET, place du Peyrou. 1277-81.